Kokain

Walther Rheiner

C'est la Mort qui console, hélas! et qui fait vivre;
C'est le but de la vie, et c'est le seul espoir
Qui, comme un élixir, nous monte et nous enivre,
Et nous donne le cœur de marcher jusqu'au soir;

À travers la tempête, et la neige, et le givre,
C'est la clarté vibrante à notre horizon noir;
C'est l'auberge fameuse inscrite sur le livre,
Où l on pourra manger, et dormir, et s'asseoir;

C'est un Ange qui tient dans ses doigts magnétiques
Le sommeil et le don des rêves extatiques,
Et qui refait le lit des gens pauvres et nus;

C'est la gloire des Dieux, c'est le grenier mystique
C'est la bourse du pauvre et sa patrie antique,
C'est le portique ouvert sur les Cieux inconnus!

Baudelaire: La Mort des Pauvres

Nacht hing groß in den Bäumen der Allee und tropfte auf seine Schultern nieder, da Tobias unter den flüsternden Ästen dahinschritt. Er ging und ging, die Allee hinauf und hinab, fast schon zwei Stunden lang.

Die Normaluhr (ehernes Gespenst an der Straßenkreuzung) zeigte schon halb elf. Im Sterben dieses Sommerabends, der in unzähligen allerzartesten Tinten hinter dem Riesenrumpf der ewigen grauen Gedächtniskirche zerfloß, war Tobias aufgebrochen – ergriffen von jener düsteren Unruhe, die immer wiederkam und ihn desto mehr quälte, je mehr er ihr zu entfliehen oder sie zu betäuben suchte im Trubel des klirrenden Cafés, jener armseligen Stube mit den roten Plüschsesseln und den grinsenden Fratzen kaltblütiger Gäste, die dort ein unwirkliches Leben führten – ein Dasein von bunten Abziehbildchen, wie sie uns als Kindern geschenkt werden. Wie oft, so auch diesmal war er dort hingeflohen vor dem Zergehen der sommerlichen Sonne, das weich über den nahen Himmel rann und seine Unruhe zum Irrsinn zu steigern drohte.

Und doch siegte immer diese Unruhe, die, wenn sie kam, ihm alle Räume verhaßt machte – sein chambre garnie so gut wie das Café oder den großen Raum der Straßen und Plätze. Aufgescheucht war er gegangen, als der Abend schon (dunkler Strom) blau über die Häupter der Passanten ausgegossen war. Jetzt war die Nacht da. Flimmernd strahlte der Asphalt auf, wenn ein Automobil surrend an Tobias vorbeistob. Aus den Café-Vorgärten schwemmte eine süße Musik über ihn hin. Gesprächsfetzen wehten, ungehört von ihm, vorüber. Es war ein stetes Wandeln bunter, vornehmer Damen, diskreter Herren da, ein unaufhörlicher Verkehr lachender Equipagen und Autos, der melancholisch-heitere Abendgesang der großen düsteren Stadt, die auf ihre Art zu leben verstand.

... Und er? Verstand er zu leben? Wie lebte er denn?

Geblendet stand er an der Schwelle des Platzes, und eine Fontäne von Licht und Lauten umsprang ihn. Er sann nach, kurz, abrupt.

Gewiß kein Leben dieser Art, das ebenso Schein ist wie die bunten Roben, die strahlenden Autos, die lächelnden Masken, die ihm vorüberzogen. Wie lebte er? Was war dies: das Aufstehen morgens um zehn oder elf Uhr, manchmal auch mittags; dies Aufstehen mit dem tiefen Ekel vor seinem Zimmer, vor seinen Büchern, seinen Kleidern, seiner eigenen Person? Die tägliche Konstatierung, dass er kein Geld habe, und dies Überlegen, woher er es bekommen könne, von welchem Bekannten oder Unbekannten und durch welche Mittel. Dieser tägliche Hunger gleich morgens, den er verachtete. Die tägliche Abwehr gegen die alte Zimmerwirtin, die ihre Miete verlangte. Dann dies lustlose Verlassen des Hauses, das ihm ebenso zuwider war wie die unendlich lange Straße, in der es stand und die den höhnischen Namen des großen Philosophen führte, dessen Werke er einst gelesen hatte und der ihm wie ein Vater erschien, der mit dem Krückstock drohte. Das schlechte Gewissen, mit dem er um Geld bat im Café oder vor den Sesseln der Redakteure, die ihm erstaunt den Zigarrenrauch ins Gesicht bliesen und ihn verdrießlich abschüttelten. Diese Leere des Hirns, das ekelhafte Ressentiment, das er spürte und das ihn ungerecht machte gegen alle Leute mit anständigen Anzügen, zufriedenem Antlitz und ruhigem Schritt. Und dann: – dann kam der große Fluch, der Abend, der ihn einspann und die dämonische Unruhe brachte, die ihn wie einen Kreisel sich um sich selbst drehen ließ. Die Vöglein pfiffen – und unentrinnbar stand er seinem Schicksal gegenüber, das sich vor ihm aufbaute und ihm mit mächtiger Hand seinen Weg wies: Geh!

So ging er. Er ging alle Tage, vorgestern und gestern und heute. Entrinnen gab es nicht. Den Tod später oder vielleicht, hoffentlich, gelegentlich als zufällige Konsequenz. Er ging. Und richtig: da war die Stelle! Er war, wie immer, richtig stehengeblieben.

»Nachtglocke zur Apotheke.« Also geschellt und warten.

Da wurde das Licht entzündet, das Klapptürchen ging auf. Der Apotheker streckte den kahlen Kopf heraus.

»Herr Doktor ...«

»Na, schon wieder da? ... Können Sie denn nicht eher kommen?«

»Bitte um Entschuldigung, ich hatte...«

Aber die Glatze war schon fort.

Ja, was hatte er? Er hatte gekämpft wie fast jeden Abend und war, wie immer, unterlegen. Ein großes Achselzucken über die ganze Welt!

Der Apotheker erschien wieder: »Drei Mark fünfzig.«

Tobias murmelte: »So viel habe ich nicht.«

»Na, gut«, sagte der Apotheker, »ich werd's noch mal aufschreiben, aber wehe, wenn Sie nicht zahlen: Sie wissen ja!«

»Danke schön«, flüsterte Tobias. »Guten Abend.«

Nun war kein Sinnen mehr und keine Gedanken, keine Sorge und keine Frage, da er das ewige Gift in den Händen hielt, die sich wie zum Gebet um die kleine sechseckige Flasche falteten. Er selbst war jetzt das Leben, und sein Herz übertönte die Welt!

Im Café, auf der Toilette, gab er sich drei Injektionen hintereinander, verschloß Flasche und Injektionsspritze wieder sorgfältig und steckte alles in die Hosentasche.

Nun fühlte er sich frei und leicht, spielerisch, ein junger Gott! Strahlend betrat er das Café und lächelte den jungen Frauen, rümpfte die Nase über die eleganten Kavaliere. Ein Wink von ihm, und er würde, Ikarus, dem göttlichen Jüngling gleich, lächelnd an die Decke schweben, singend über den Baldachin des Vorgartens gleiten und auf zu den knisternden Sternen kreisen.

Federnden Schrittes ging er hin und ließ sich am beglänzten Marmortisch voll plaudernder Frauen und Herren nieder. Er bestellte und entzündete die herbe Zigarette, den Gefährten in Trauer und Glück.

Doch da er aufschaute, sah er die Nacht drohen hinter dem aromatischen Qualm, den sein Mund ausstieß – jene Nacht, seine Nacht, die mit schwarzem Faustschlag diese kurzen Minuten des heiteren Rausches zertrümmerte und sich selbst unerbittlich heranschob mit jenem neuen düsteren Qual-Rausch, dessen rhapsodischen Gesang, endlos gedehnt, sie ihm von jetzt an in die Ohren gellte.

Was verzerrten sich die Antlitze ihm gegenüber am Tisch, die eben noch lächelten? Woher die schielende Bedeutung in den Blicken, die diese Menschen ihm zuwarfen und dann untereinander austauschten, vielsagend und unwillig?

Und da beugten sie sich auch schon zueinander und flüsterten ...

Angestrengt horchte er hin ... und da, war es nicht da? Hatte er nicht eben deutlich das Wort vernommen, das fatale Wort, das riesenhaft über die Firmamente dieser seiner Nächte gespannt war und (im Klang schon erbarmungslose Maschine) ihn langsam zerhackte: – Kokain! ... Ko-ka-in!

Stück für Stück hackte es ab von ihm, bis er dereinst bald ganz zermalmt sein wird.

Da, jener Herr (... bleich sprang Tobias der Schreck in die Augen ...): ganz deutlich, unerhört leise und klar zugleich, hatte er gesagt: »Diese Bestie pumpt sich jeden Abend mit Kokain voll!«

Ach, da schlug das Herz in rasendem Getrommel, da würgte etwas den kalten klammen Hals, da fuhr eine geisterhafte Hand durch das Haar, das zitterte, und ein kalter Schweiß brach über dem Rückgrat aus.

Auf! Fort von hier! Schon schwirrte die große Peitsche in der Luft über seinem Haupt. Es knallte und klatschte laut. Bebend bezahlte er, erhob sich wankend und wie gelähmt und floh, floh aus diesem Kessel hinaus.

Ein Blick zurück im Hinausstürzen zeigte ihm noch, wie alles Publikum schon aufmerksam geworden war. Man lachte, man deutete auf Tobias.

Ein fetter Herr, ganz rot im Gesicht, schlug sich brüllend vor Lachen auf den Schenkel und bog sich zurück, der rote Kopf drohte abzubrechen und hinter die Stuhllehne zu kollern. – Gräßlich! – Die Wirbeltür spie Tobias auf die Straße.

Aber auch hier war kein Rasten für ihn.

Die Menschen blieben stehen und schauten ihn an. Harmlose Spaziergänger schüttelten die Köpfe und ließen Tobias herankommen, um ihn genauer zu betrachten. Hier konnte er nicht bleiben!

Er drückte sich eilig die Häuser entlang, die Joachimsthaler Straße hinauf, zum Bahnhof: schon gehetztes Wild, verscheucht von jedem Fensterladen, der sein Licht auf ihn warf.

Was blieb ihm übrig in solcher Not, da Gott ihn höhnisch auf den nächtigen Wolken anschrie und Erzengel eherne Fäuste schüttelten, daß die Straßen klirrend widerhallten? Was blieb anderes als das gebenedeite Gift, das er in der Tasche trug?

Die Tränen stiegen ihm bereits in die Kehle, als er in der Bahnhofshalle verschwand. Wieder kehrte er ein bei den Aborten, er, der stete Gast, er, die stinkende Kellerassel, das Klärichtvieh.

Hei, da pfiffen, den lieben Vöglein auf der Dämmerung gleich, die Bahnhofsbeamten auf ihren Signalpfeifen – oh, da klappten die Schaltertürchen der Fahrkartenausgabe auf, und alles schaute diesem Menschen nach, der, einem Betrunkenen ähnlich, zu den Aborten torkelte.

Er riegelte sich auf einem der Klosetts ein. Was war das für ein Leben? Ein Aasleben! O du verhaßt-geliebtes Gift, Kokain, Kokain (... die Maschine stampfte: klick-klack, klick-klack: wieder ein Stück ab ...).

Oben donnerte der Zug in die Halle (... sicherlich, dachte Tobias, Expreß zur Riviera, weiß schon: blaue Gestade, taubenumflattert, Pinien- und Orangenhain und der selige Berg: Santa Margherita ...), und er nahm zwei neue Injektionen vor, in beide Oberschenkel je eine.

Das erleichterte einen Augenblick: ... Riviera, dachte Tobias, Riviera, Santa Margherita ...

Dann betete er, murmelnd: Gib, lieber Herr von Gott, du selige Exzellenz, gib, daß ich bei der nächsten Injektion lautlos verrecke!

Als er die Waschräume der Bahnhofshalle verließ, schien ein Rauschen den riesigen gewölbten Raum zu erschüttern. Normaluhr drohte mit aufrechtem Finger: zwölf Uhr.

In der Vorhalle war ein tosender Verkehr. Gekreisch einer Horde von Satanen stürzte in Tobias' Ohren, der sich durch die (vermeintliche) Menschenmenge drängte, schamerfüllt, als sei er nackt.

Hatten diese Menschen, dieses Gebräu aus Hohn und Schadenfreude, nichts anderes zu tun, als ihm aufzulauern, sich am Bahnhof aufzustellen um Mitternacht, um dies Schauspiel zu genießen: – wie er, der Kokainist, aus seiner Kloake gekrochen kam, mit blutenden Armen und Beinen, an die sich das Hemd festklebte? Fluch über sie! Fluch über seinen hellen Anzug ... Da: waren das nicht schon Blutflecke?

Er feuchtete die Fingerspitzen an und wollte so die Flecken fortreiben.

Am Ausgang wollte er sich in die Brandung der Straße stürzen, doch plötzlich schwenkte er ab und versteckte sich unter der Bahnüberführung.

Zwei Damen standen an der Straßenecke, dem Bahnhofsausgang gegenüber. Tobias äugte schnaufend hin: Oh, wie kamen die hierher?

Das war seine Mutter und seine Schwester. Aber waren die nicht in Köln?

Gewiß, die mußten eigentlich in Köln sein! Aber wer weiß? Vielleicht hatte sie der Herr Bahnhofsvorsteher telegraphisch nach Berlin gerufen, damit die Mutter ihren Sohn, die Schwester ihren Bruder sehen könne, teilnehmen könne an dem unterhaltenden Schauspiel, das das Publikum von Berlin W allabendlich genoß, interessanter und billiger als im Palast-Theater oder in Nelsons Künstlerspielen, an der amüsanten Tragikomödie: »Der Kloakenprinz oder: »Mein Gott, mein Gott, warum hast du mich verlassen.«

Sie standen an der Ecke, im brutalen Licht der bläulichen Bogenlampe. Die Kleider wehten ihnen um die Leiber. Es war ein Klappern da, als ob ihnen die Gebeine schlotterten. Oder waren es seine? Seine Knie zitterten. Die Hände auch. Sie waren so dünn! Sah er durch die gespreizten Finger hindurch, so waren die vielen Lichter wirr gaukelnde kalte Monde, die mit leisem Puff von den schwarzen Pfählen sprangen und auf dem Asphalt zerschellten.

Regungslos standen die beiden Frauenfiguren. Ha, er kannte das! ... sie taten so unbeteiligt und hielten ihn doch scharf im Auge! ...

Kleine blonde Schwester, lieber Dotz, warum läßt du mir keine Ruhe? Und Sie, Frau Sch..., Eveline oder Ernestine mit– dem schwer aussprechlichen Vatersnamen, Sie, teure Mutter, wie? ... mir schon wieder auf den Fersen? Und so weit her! Vom Rande Deutschlands nach Berlin, bloß um den Verlorenen Sohn zu ängstigen? Würdig, dreimal würdig Ihrer Mutterliebe! ... Was steht ihr da? Wie? Ihr Grimassen!

Eine Welle flog durch sein brausendes Gehirn. Er faßte sich ein Herz. Wut packte ihn.

Er ging auf die beiden Gestalten zu, wollte am Ausgange des Untergrundbahnhofes vorbei, der seine Treppe auf die Straße warf, von stilisierten Lampen umrankt.

Aber es quoll aus dem Schlund des unterirdischen Baues herauf – eine schwarze Menschenmenge, die ihn rasch umzingelte. Geschrei ohrfeigte ihn aufs neue. Schnell atmend entwand er sich dieser neuen Gefahr und schoß auf die Straßenecke zu, wo die beiden Damen standen.

Standen? Standen?

Er sah nur zwei Reklameschilder, in Schwarz und Gold, die ihm unverschämt entgegenleuchteten. Keine Frauen da, kein Mensch! ... Ach, ein kümmerlicher Hund nur strich langsam um die Ecke, schnüffelte und verrichtete seine übliche Notdurft.

Tobias, der seine Lunge dunkel, schwer und wie samten werden fühlte, drückte sich in den Hauseingang und spritzte, halbtot vor Angst, beobachtet zu werden, ein neues Quantum Kokain in den rasch vom Ärmel entblößten Unterarm.

Ja, siehe, da standen die bebenden Sterne wieder still, einen Augenblick lang. – Heiliges Gift! Heiliges Gift! – Das fühlte Tobias und sah den Dämon, der ihm ebenso vertraut wie schrecklich war, weit über dem nächtigen Himmel stehen. Er wußte und flüsterte es ins Firmament hinauf: »Du bist der Tod, die Gnade und das Leben. Du hast keinen Gott neben dir!«

Er ging die Straße wieder hinab.

An der Kreuzung des Kurfürstendamm betrat er die grün erleuchtete Rotunde. Ein älterer Herr war darin und ordnete seine Kleider, als Tobias sich an ein Abteil stellte und Vorbereitungen traf, um zu urinieren.

Tobias fühlte sich beobachtet. Seine Hände flogen ratlos an seinem Anzug hin und her. Er konnte keinen Augenblick still stehen, er wandte sich um, wechselte das Abteil, befühlte alle Taschen seines Anzugs, tastete nach Flasche und Spritze und schaute schließlich ratlos in die Augen des Herrn, der lange fertig zum Fortgehen war und ihn aufmerksam und mit kalter Ruhe betrachtete.

Schließlich ging er und ließ Tobias in heller Verzweiflung zurück ... Um Gottes willen! Das war ein Detektiv, ein Sanitätsbeamter, ein Abgesandter der Mutter, der er vorhin begegnet war und die sich vor ihm verbarg!

Minutenlang stand Tobias ratlos in diesem achteckigen übelriechenden Raum, an dessen Wänden ein schleimiges Wasser niederrann und von Zeit zu Zeit plötzlich aufzischte, als wolle es ihn angeifern.

Gewißlich standen sie jetzt draußen im Kreis um die Rotunde, ein schweigender Kordon. Handschellen klirrten, Zwangsjacke war zum Überwerfen bereit. Ein Schluchzen würgte Tobias' Kehle, die beizend trocken war. Durst! Durst! ... In letzter Wirrnis zu allem entschlossen, verließ er schließlich die Bude und wankte ins Freie hinaus.

Er war sehr erstaunt, niemand vorzufinden, der auf ihn lauerte.

Doch da (... jäher Schreck schraubte ihm die Augen in den Kopf ...) da stand der alte Herr und pfiff. Pfiff laut, einmal, zweimal!

Halt! Halt! – Tobias rannte auf ihn zu, zog schlotternd den Hut und sprach ihn atemlos an: »Sie müssen sich nicht wundern, Herr, daß ich so aufgeregt bin! Ich habe ein schreckliches Erlebnis hinter mir! Ich versichere Ihnen, wirklich, glauben Sie mir: ich bin nicht wahnsinnig! Noch nicht! Auch nicht betrunken oder vergiftet! Glauben Sie mir! Pfeifen Sie nicht Ihren Leuten! Lassen Sie mich gehen!«

Verwundert maß ihn der Herr vom Kopf bis zu den Füßen. Er trat einen Schritt zurück und sagte: »Wie meinen Sie? Ich verstehe Sie nicht. Was gehen Sie mich denn an? Ich pfeife meinem Hunde.«

Er pfiff wieder. Da kam ein dunkler Schäferhund gelaufen, schweifwedelnd sprang er auf seinen Herrn zu.

»Entschuldigen Sie«, murmelte Tobias und zog sich schnell zurück. Sicherlich war das eine Falle! Oh, er hatte das heimliche Blinken in den Augen des Herrn gesehen! Hier galt es, sich in Sicherheit zu bringen.

Tobias wandte sich zur Kaiserallee und rannte ein Stück unter den Bäumen, bis ihm die Brust zu bersten drohte. Er blieb stehen und sah sich um. Tiefe Nacht und kein Mensch zu sehen. Die Normaluhr zeigte halb eins.

V

Hier, im Schatten des Gebüschs, nahm er sein Jackett ab, legte es auf das Pflaster an einen Baumstamm, krempelte den Hemdsärmel auf, der große dunkle Blutlachen zeigte und den eigentümlichen Geruch vergossenen Blutes ausströmte, und nahm, mit knirschend zusammengebissenen Zähnen, in aller Sorgfalt und mit betonter Langsamkeit, zwei Injektionen vor.

Er hielt die Flasche gegen das ferne Laternenlicht. Sie war noch zu zwei Dritteln voll. Befriedigt schob er sie in die Hosentasche, zog die andere Flasche hervor und wusch den Oberarm mit Äther ab. Auch Stirn und Hals netzte er damit.

Die Büsche in den Vorgärten flüsterten. In der Ferne nahte eine der letzten Straßenbahnen.

Rasch zog Tobias sich wieder an.

Oh, nun wünschte er zu Hause zu sein, um die Verderbnis, hinter verriegelten und verhangenen Schlössern, ganz auszukosten. Nach seinem möblierten Zimmer aber, das wußte er, konnte er nicht gehen. Die Wirtin würde seine Zimmertür abgeschlossen und den Schlüssel fortgesteckt haben, so daß er nicht hinein können wird.

Wohin, wohin, mein Gott, in seiner Not! Barhäuptig stand er unter den Sternen.

Sollte er wiederum, wie öfter schon, die ganze Nacht herumirren, um schließlich den grauen Morgen am Spreekanal zu finden oder an der Gasanstalt, die dann wie eine Faust aus den Nebeln stiege?

Der Äther mußte irgendwie die rasende Erregung gemindert haben, die ihn gefangenhielt. Sein Puls, das fühlte er, ging noch fliegend, hoch, schnell. Oder war es das Alleinsein, die Abwesenheit von Menschen, die ihm diese relative Ruhe gab?

Er setzte sich in Marsch, mit der Zähigkeit des Gift-Fanatikers, die ihn nicht Muskeln noch Sehnen spüren ließ. Die lange Kaiserallee hinab bis zum Bahnhof Wilmersdorf-Friedenau. Hier schwenkte er seitlich ab und stand bald vor dem großen Mietshaus.

Hier wohnte Marion, die goldene Freundin aus dem Café, in einem großen Atelier.

Die Haustür war verschlossen. Er pfiff einige Male und rief: »Marion, Marion!«

Vergeblich. Sicherlich schlief sie schon.

Während er wartend auf und ab ging und die Nachtluft aus dem freien Vorstadtgelände ihn umwehte, begann aufs neue der schwarze Himmel auf ihm zu lasten. Die Sterne tropften schwer und klebrig. Die hohen Häuser bedrückten ihn. Der Wind sang in den schwingenden Bogenlampen, die ein irres und grelles Licht umherwarfen.

Die Angst befiel ihn aufs neue. Er sah sich furchtsam um, schlich in einen dunklen Winkel und verabreichte sich zwei neue Spritzen.

Ha, da schoß das Fieber, gäle Flamme, wieder in ihm auf! Die Stirn knisterte, die Augen wurden weit und paralytisch aufgezerrt. Ruhelos trat er von einem Bein aufs andere.

Fast hatte er schon vergessen, was er hier wollte, als sich Schritte dem Hause näherten.

Ein Herr blieb vor der Haustür stehen und rasselte mit seinen Schlüsseln.

Tobias trat schüchtern hinzu und grüßte.

»Es öffnet niemand«, sagte er stockend, »ich soll eine Dame zu ihrer kranken Verwandten holen.«

Der Herr ließ ihn schweigend durch die geöffnete Tür und schloß wieder ab.

Tobias schaltete das Minutenlicht ein und rannte in großer Eile die Treppen hinauf.

Plötzlich fiel ihm ein, daß es besser sei, den Herrn erst in seine Wohnung gehen zu lassen. Er wartete. Schon im ersten Stock öffnete der Angekommene eine Flurtür und trat ein.

Die Tür fiel zu. Das Licht erlosch. Durch die bunten Glasfenster des Treppenhauses drang phantastisch das zitternde Licht der Laternen von unten herauf.

Tobias schlich zagend zum vierten Stock empor, mit tödlicher Angst vor jedem Treppenabsatz, der ihn an einer Wohnung vorbeiführte.

Oben, im vierten Stock, führte erst eine angelehnte Tür in einen korridorartigen Vorraum mit Lichtschachtfenster. Im Hintergrunde war eine schwere Eisentür, die zu Marions Atelier ging.

Wieder schaltete Tobias das Licht ein. Auf das Fensterbrett des Lichtschachtes stellte er seine Flasche und das Etui mit seiner Injektionsspritze. Er rieb wieder die blutigen Arme mit Äther ab und genoß eine neue Einspritzung.

Da begannen mit Macht neue Halluzinationen.

Er fuhr herum. Unten im Treppenhaus, im Erdgeschoß, erhoben sich Stimmen, Stimmen vieler Menschen, die sich anschickten emporzusteigen. Ein wirres, halblautes Geflüster. Tobias unterschied einzelne Perioden: »Das muß endlich aufhören... Es ist ein Skandal... Das Schwein ruiniert sich und seine Angehörigen ... Ins Irrenhaus mit dem Subjekt!... Wir werden ihn ins Automobil schaffen... Packen Sie ihn nur gleich! ... Und daß er nicht die Flasche austrinkt, das bringt der Kerl fertig ...«

Tobias zitterte. Schweiß rann ihm (... oder war es Blut?). Er hörte die Stimme seiner Mutter, während das Licht wieder erlosch: »Tobias, mein Sohn! Tobias, ich flehe dich an! ... Tobias, Tobias!... Tobias ... !«

Die Stimme verhallte klagend. Tapp, tapp, tapp! Man stieg die Treppen herauf, regelmäßig, immer näher. Das Geflüster zwischendurch verstummte keinen Augenblick.

Sollte er es wagen, das Licht wieder anzuzünden? ... Er tat's.

... Da lag vor ihm, vor seinen Füßen, leise sich noch windend, der Körper der sterbenden Mutter. Daneben hockte schwarz gekleidet, das Gesicht in schwarze Schleier gehüllt, die Schwester und weinte leise, gesenkten Hauptes.

Tobias fuhr zurück. Er wandte sich ab und preßte das heiße Gesicht an die Wand.

VI

Das Herz klopfte wie ein Hammer an seine Schädeldecke. Nach einer Weile wandte er sich um. Der Spuk war verschwunden. Schnell nahm er eine neue Spritze und begann, erst leise, dann lauter und lauter, an die Eisentür zu klopfen.

Er beugte sich zum Schlüsselloch nieder und rief »Marion! Marion!« mit unterdrückter Stimme hinein. Zwischendurch fuhr er alle Augenblicke herum, damit ihn niemand rücklings ergreife.

Endlich sah er durch das Schlüsselloch, daß drinnen Licht entstand. Ein Schatten bewegte sich auf dem Fußboden und näherte sich der Tür. Eine dünne, verschlafene Stimme, Marions Stimme, fragte angstvoll: »Wer ist da, um Gottes willen?«

»Ich bin's, ich, Tobias ... Marion, mach auf, ich muß hinein.«

Die Tür wurde geöffnet und kreischte leise in den Angeln. Tobias, dem durch die letzten, schnell aufeinanderfolgenden Einspritzungen ein wilder Paroxysmus im Körper wühlte, torkelte hinein.

Marion, im Nachtgewand, stand vor ihm, eine Kerze in der Hand. Sie kannte Tobias und seinen Zustand, denn nicht zum ersten Male suchte er sie in der Nacht auf. –

Sie war müde (es mochte wohl halb drei Uhr sein), aber sie ließ ihn keinen Mißmut merken. Wortlos legte sie ihm Decken auf ein Feldbett zurecht, das hinter einer spanischen Wand stand.

»Leg dich nieder«, sagte sie, »und gib mir das Kokain.«

Sie wußte, daß sie vergeblich um das Kokain bat und daß sie es ihm auch nicht mit Gewalt würde entreißen können.

Tobias schüttelte den Kopf. Er hatte die Kerze auf einen Stuhl neben das Bett gestellt und hockte auf dem Bettrand, mit stieren Augen die Freundin anglotzend, die sich wieder niederlegte.

»Hast du die Tür gut wieder abgeschlossen? Sind die Fenster zu?« fragte er sie.

»Ja, ja doch!«

Er zog die Jacke aus.

Da seufzte Marion und wandte den Kopf ab.

In der Tat! Er bot einen gräßlichen Anblick!

Beide Hemdsärmel waren bis zum Handgelenk herab steif und schwarz von Blut. Übler Geruch wehte daraus auf.

»Bitte, mach schnell«, flüsterte Marion, »und mach keine Blutflecken in die Laken.«

Sie lag immer noch abgewandt. Übelkeit stieg ihr auf. Plötzlich erhob sie sich und erbrach in die Ecke des Zimmers. Sie weinte vor sich hin.

Tobias, ratlos und verzweifelt, begann laut zu brüllen. Er schüttelte die erhobenen Fäuste über seinem Haupt und blickte mit weit aufgerissenen Augen zur Decke empor.

Marion, totenblaß, lief schnell zu ihm hin und verschloß ihm mit der Hand den Mund.

»Stille, still«, flüsterte sie ihm ins Ohr, »es darf dich niemand hören, sonst fliege ich hier raus!«

Nein! Niemand hörte diesen verzweifelten Menschen, am wenigsten jener gütige Vater, dessen unerbittliche schwarze Stirn vor den großen Atelierfenstern stand, starr, unberührt, unbeweglich!

»Komm, leg dich hin und sei ruhig«, sagte Marion, »ich möchte schlafen. Mach das Licht aus.«

Tobias entkleidete sich vollständig. Marion schaute krampfhaft weg. Auch der untere Rand seines Hemdes war voll Blut von den Injektionsstichen in beide Oberschenkel. Es war sein einziges Hemd, das er seit drei Wochen trug; alle andere Wäsche hielt seine Zimmerwirtin in Charlottenburg zurück, als Pfand für die schuldige Miete. Er stank, sich selbst ein Abscheu, widerlich, verhaßt.

Er stellte die Medizinflasche auf den Stuhl, legte die Spritze zurecht, streckte sich unbedeckt auf das Lager aus und löschte die Kerze.

Atemlos wartete er einige Minuten und starrte regungslos zur Decke empor, die auf dieser Zimmerseite bis zur Hälfte und halb zur Wand herab aus Glas war.

Marion regte sich nicht. Durch das Zimmer schlich, träge, schleimig, die Nachtzeit. Es war, als zögen sich quer durch das Atelier, von einer Wand zur andern hin und her, dunkle klebrige Fäden, die einen Duft von geronnenem Blut ausströmten vermischt mit dem süßlichen Parfüm des Kokains und dem lebhafteren des Äthers.

Es war totenstill. Marion schien zu schlafen. Nur der Nachtwind ließ manchmal die Scheiben der Fenster leise klirren. Tobias mahlte laut mit den Zähnen, wie er immer tat, wenn die Kokainvergiftung in ein bestimmtes Stadium getreten war. Dabei verzerrte sich sein Gesicht, und die Schläfen spielten wie Wellen. War nicht neulich, auf dem Alexanderplatz, eine alte hinkende Frau schreiend vor ihm geflüchtet, als sie dieses fratzenschneidende Gesicht sah?

Das Denken stand ihm still. Er lag regungslos und stierte zur Glasdecke hinauf. Von Zeit zu Zeit gab er sich im Dunkeln und ohne näher hinzusehen Kokaininjektionen. Er fühlte an seinen mißhandelten Oberschenkeln, an den zerfetzten Ober- und Unterarmen das Blut rinnen. Gewiß tropfte es auch in die Bettlaken, die zu schonen Marion ihn gebeten hatte. Er kümmerte sich nicht mehr darum. jetzt war er schon in einem Grade vergiftet, daß er, fast mechanisch, in immer kürzeren Zeitabständen Spritzen nehmen mußte, wie etwas Selbstverständliches, etwa wie Atmen oder Essen, nur um überhaupt weiterzuexistieren.

Plötzlich wurde er auf Schatten aufmerksam, die über die Glaswände und das halbe Glasdach des Ateliers hinglitten. Er beobachtete sie eine Zeitlang mißtrauisch.

Wenn er genau hinschaute, glaubte er deutlich zu sehen, daß es die Schatten von Menschen waren, Köpfe, Arme, Beine, die sich da am Rand des Daches zu schaffen machten.

Nun drang auch schon durch das Glas ein leises Geflüster. Tobias unterschied drei Stimmen. Männerstimmen, die eifrig redeten. Argwöhnisch beobachtete er die Schatten. Er sah, wie sie sich Werkzeuge reichten, Hebel, Zangen, Brecheisen, und das Geflüster, die leisen Ausrufe paßten sich genau den Bewegungen an.

»Achtung!« hörte er. »Eins ... zwei ... drei ... – hupp!« Und dann ein deutliches Knacken.

Ein Wind entstand im Zimmer, ein kalter Hauch, der von oben zu kommen schien. Tobias fühlte ihn mit dem ganzen Körper.

Eine schnell sich steigernde Furcht befiel ihn. Das waren Einbrecher! Oder Detektive! ... Hatte nicht der Maler Ludwig M. ... vom Südwestkorso, nicht weit von hier, von einem Einbrecher erzählt, dem er zwischen den Speichern begegnet war, als er in sein Atelier gehen wollte?

Lähmende Angst brannte ihm die Kehle aus. Er lag hier hilflos, blutend, krank bis auf den Tod. Marion schlief, ein wehrloses Mädchen. Waren es Einbrecher so konnten die kurzen Prozeß mit ihnen machen. Waren es Detektive, so würden sie beide in Schutzhaft genommen werden, und gegen ihn, Tobias, würde man Anklage erheben. Er würde in eine Anstalt kommen, jahrelang, und kein Kokain mehr erhalten.

Leise stand er auf und rüttelte die Freundin wach; sie hatte fest geschlafen.

Erschreckt fuhr sie auf.

»Was ist denn? Was ist?«

Tobias deutete flüsternd zur Glasdecke hinauf: »Siehst du? Siehst du die Leute dort?« lallte er.

Die Schatten bewegten sich immer noch.

»Welche Leute?« fragte Marion ängstlich.

»Dort, dort, die Schatten auf dem Dache«, sagte Tobias, »das sind Einbrecher oder Geheimagenten. Um Gottes willen, was sollen wir tun, Marion?«

Marion, nun ganz wach, schaute Tobias entsetzt in die Augen.

»Unsinn!« sagte sie. »Das sind die Schatten der Bogenlampe von unten, von der Straße.

Tobias schüttelte den Kopf.

»Bogenlampen werfen keine Schatten«, flüsterte er und stierte verzerrten Angesichts zur Decke hinauf.

Marion begann an seinem Verstand zu zweifeln. – Ist's schon so weit mit ihm? dachte sie.

Eine dumpfe Angst kroch ihr das Rückgrat hinauf. Mit diesem Wahnsinnigen, dem sie ausgeliefert war, allein in einem schlafenden Hause! Sie wußte sich keinen Rat. Es galt ihn zu beruhigen. Wenn der Tag kam, würde man weiter sehen. Sie sprach auf ihn ein: »Natürlich doch, das sind die Schatten der Bäume unten und der Schornsteine und Windfänge auf dem Dach. Die Bogenlampe schwingt unten im Wind, und das bewegt die Schatten. Geh schlafen, leg dich nieder!«

Das leuchtete Tobias nicht recht ein, doch beruhigte er sich ein wenig. Er würde wachen und beobachten.

»Wo hast du denn deinen Revolver? Du hast doch einen kleinen Revolver, wo ist er denn?« fragte er.

Sie aber hütete sich, ihm die Waffe zu geben.

»Ich weiß jetzt nicht, wo er liegt«, sagte sie, »leg dich nur, das sind keine Einbrecher.«

Tobias beschloß, wenn Marion schliefe, nach dem Revolver zu suchen. Er legte sich hin und belauerte die Schatten, die stetig hin und her schwankten und sich allerhand zu reichen schienen.

Trüber Schein fiel schon durch die Scheiben, deren Ränder klarer und schärfer wurden. Der erste Streif des Morgens dämmerte auf.

VII

Tobias hielt die Flasche empor gegen das Licht. Entsetzen befiel ihn. Es war nur noch ein ganz geringer Rest der Flüssigkeit darin, kaum einen Finger breit über dem Flaschenboden. Ein unnennbares Grauen klammerte sich in seinen Nacken ... Kein Kokain mehr! ...

Und der Tag kam herauf, der verhaßte Tag, der ihn unter die Menschen treiben würde, die alle seine Feinde sind und vor denen er sich maßlos fürchtete. Er wand sich auf dem Lager hin und her, in dumpfer Verzweiflung. Der Kopf erhitzte sich ihm mehr und mehr in dieser Angst; eine Art heißer Wut trieb ihn dazu, noch zwei Injektionen zu nehmen. Den Rest der Flasche trank er aus. – Das Mundinnere war fühllos wie Sammet, wie behaart. Er fuhr mit dem Finger in den Mund, ganz tief, bis in den Schlund.

Nun war die große Not da! Was sollte er nun beginnen? Was war ihm die Zeit, was war ihm das Dasein ohne das Gift, nach welchem sein Körper und seine Seele schrie, nach dem sein ganzes Wesen lechzte?

Vergessen die Furcht vor den Einbrechern oder Detektiven, erloschen die Angst vor dem Irrenhaus! Nur eines erfüllte ihn, nur eines brannte sein Inneres aus: – der unbeugsame, unerbittliche, unwiderstehliche, dieser metaphysischunergründliche Trieb, der Wunsch nach dem Gift, das ihm Atem und Leben, Luft und Trank, Sein und Zeit bedeutete!

Mit fieberischen Händen entzündete er die Kerze. Er wollte ganz genau nachsehen, ob wirklich nichts mehr in der Flasche war. Er hatte sie zwar eben, in dieser Minute noch, ausgetrunken, aber sein Wunsch siegte sinnlos über die Logik, es konnte, ja es konnte sein, daß noch ein wenig in der Flasche war! Oder, vielleicht hatte er am Abend zwei Flaschen gekauft, ohne bis jetzt daran zu denken? Oder vom letzten Male stand hier im Zimmer irgendwo noch eine verborgen?

Er hielt die Flasche gegen das Kerzenlicht. Nein, nein, nein! Nichts darin! Er stülpte sie um, er reckte tief die Zunge in den Flaschenhals hinein. Nichts darin!

Da war's wie ein ferner Donner, der das Zimmer umfah, und ein Leuchten drang rötlich durch die Fenster. Der Tag quoll mächtig empor und grollte ihm dumpf.

Er stieg vom Bett und suchte, auf den Knien rutschend, sich mit seinem Blut, das in dicken Tropfen auf dem Fußboden vor dem Bette lag, besudelnd, das Zimmer ab. Er traute nicht der Kraft seiner Augen. Er betastete jeden Gegenstand, nahm ihn in die Hand und hielt ihn dicht vor die Augen. Konnte das nicht eine Kokainflasche sein, oder jenes, oder dies? Wer sagte ihm, daß ihn seine Augen nicht trogen? War das, was wie ein Pantoffel aussah, wirklich ein Pantoffel, nichts anderes? Wer konnte es wissen?

Ach, soviel er auch suchte, er fand nichts.

Im untersten Fach der Kommode fiel ihm, als er auf dem Bauche hinrutschte, der Revolver in die Hände und eine Anzahl Patronen, die dabeilagen. Er legte beides auf einen Stuhl. Aber die Schatten waren fort.

Lieblich strahlten die Fenster in zartem Rosa, aus dem sich der junge Sommertag erhob, klar und ruhig, in majestätischer Größe. Hei, da pfiffen die lieben Vöglein wieder und lärmten im Licht.

VIII

Tobias richtete sich auf und wandte sich dem Fenster zu.

Sprachlos stand er in dem gewaltsamen Licht, das sich im Osten gebar und auf ihn hereinbrach, auf diesen geschändeten, blutig zerfetzten Körper, der sich ihm unbewußt hingab wie einem himmlischen Bade. Tobias öffnete das Fenster und erschauerte unter dem frischen Hauch, der ihn traf.

Marion, der goldene Engel, schlief fest. Tobias ging in das Badezimmer nebenan und ließ warmes Wasser in die Wanne laufen. Er wusch seine Wunden und den ganzen Leib, der hie und da nervös zuckte unter der Berührung seiner Hände. Dann hüllte er sich in sein blutiges Hemd und kleidete sich an. Die kleine Weckuhr zeigte fast sieben Uhr.

Er trat an Marions Bett und schaute lange die Schlafende an. Schließlich beugte er sich nieder und küßte sie auf die Stirn.

Sie erwachte.

»Marion«, sagte er, ich muß gehen. Hast du ein Stückchen Brot da? Mich hungert.«

»Bleib hier«, sagte sie, »ich werde aufstehen und etwas kochen.«

Er trat zurück, hinter den Wandschirm, und setzte sich auf sein Lager. Große Blutflecken waren im Kopfkissen und in den Laken, die ganz zerknüllt über das Bett und den Fußboden verstreut lagen. Auf dem Stuhl neben dem Bett fand Tobias noch den Revolver. Er lud die sechs Lager der Trommel und steckte den Revolver zu sich.

Er war ganz ruhig geworden und unendlich müde. Marion hatte sich angezogen und war ins Badezimmer gegangen, um die Suppe auf dem Gasofen anzurichten.

Tobias starrte wortlos durchs Fenster in das Brachfeld der Vorstadt hinab.

Hier wurde noch gebaut. Grundstücke, mit Drahtgittern umhegt und mit schmutzigem Gras bewachsen, lagen da. Asphaltierte Straßen, in denen noch keine Häuser standen, kreuzten sich und liefen geruhsam im Glanz der Morgensonne hin. Vögelfangen mild. Ein tiefes Blau stand am Himmel und sandte linden Hauch. Schäfchenwolken wanderten langsam im Azur.

Marion brachte die Suppe, die dick und nahrhaft war und ihm wohl mundete. Einige Scheiben trockenen Brotes, die sie ihm gab, aß er dazu. Wie immer, nachdem die magennervenlähmende Wirkung des Giftes aufhörte, regte sich ein mächtiger Hunger und Durst. Er aß zwei Teller der Suppe aus. Marion war freundlich und gut und plauderte mit ihm. Sie bat ihn nicht, vom Kokain zu lassen. Sie wußte, daß es vergebens war.

In ihm war eine große Dankbarkeit für dies milde Geschöpf, das einzige, das ihn nicht verstieß, ihn, den Paria ohne Freunde, den jedes Haus ausspie wie einen eklen Auswurf.

»Hast du Geld?« fragte sie ihn.

Er schüttelte stumm den Kopf.

»Ich habe noch eine Mark, davon kann ich dir fünfzig Pfennige geben. Und hier: Speisemarken für die Volksküche.«

Sie gab es ihm.

Da legte er den Kopf auf den Tischrand und begann zu weinen. Ein tiefes Schluchzen brach aus ihm hervor. Er ergriff die gute Mädchenhand und legte sein irres Antlitz hinein. Tränen netzten sie. Marion strich ihm leise übers Haar: »Armer Tobias!«

IX

Eine Zeitlang saß er noch. Dann ergriff er seinen Hut, küßte ihr die Hand und ging.

Im Treppenhaus achtete er darauf, daß ihn niemand sah. Seltsam war es, hier hinabzusteigen, wo die Gespenster ihr Wesen mit ihm getrieben hatten. Er fühlte einen schalen Geschmack im Munde.

Unten, vor der Haustür, begrüßte ihn ein klarer und heiterer Sonnenschein

Tobias streifte in das Gelände hinaus, ging ziellos durch die leeren Straßen. Nur selten begegnete ihm jemand zu dieser frühen Morgenstunde.

Da begannen die Glocken der umliegenden Kirchen zu schwingen, es war ein beständiges, lang hinhallendes Singen in der Luft, die feiner und durchsichtiger war, als er es je erlebt hatte.

Über schön angelegte Plätze wanderte er und bewunderte die farbigen Häuser, die unbegreiflich ruhig, wie geschliffen, sich zu diesem Himmel voll Gesang erhoben. Es war Sonntag. Wolken, klein und strahlend weiß, segelten langsam hoch im Blauen dahin und sammelten sich im Hafen des Horizonts.

Tobias kam zur Kaiserallee.

Trams klingelten heran und jagten tobend an ihm vorbei, in einem Wirbel von Leben und Bewegung.

Am Friedrich-Wilhelm-Platz strich Tobias um die rote Kirche herum. Er wollte hineingehen. Aber als er sich dem Eingang näherte, spürte er die Gegenwart von Menschen.

Wieder befiel ihn diese düstere Scheu, diese aus Nacht und Qual geborene Angst, die ihn von allen Tischen, von allen Menschen und aus allen Räumen forttrieb.

Nichts blieb ihm!

Er blieb stehen und öffnete die Hand. Er schaute seine Hand an, lange und wie in tiefem Sinnen. Dann betrachtete er seinen schmierigen Anzug, die schadhaften Stiefel. Durch die Ärmel des hellen Jacketts drangen Blutflecke, auch die Hose zeigte Spuren.

Als Schritte hinter ihm ertönten, fuhr er zusammen.

Es war der Priester, der zur Kirche ging.

Tobias ging langsam weiter, an den Vorgärten der Allee entlangschlendernd.

Da saßen auf den kleinen Balkonen Vater, Mutter und Kinder und frühstückten. Heiteres Lachen erklang, Tobias starrte verstohlen hin. Hunger regte sich neu

... Da wußte er, daß er den Abend dieses Sonntags nicht erleben würde.

Nicht mehr würde ihn der mächtige Dämon ergreifen und ihn in die Düsternis stoßen.

Er hatte nichts, daran er sich erfreuen konnte. Besitzlos, verstoßen, krank und verflucht war er. Kein Essen, kein Geld, keine Kleidung, keine Wohnung, keinen Freund und keinen Mitmenschen hatte er. Und nicht den Willen, nicht die Kraft, es zu erwerben.

Das Gift nur, das sein Schicksal war, lagerte wie ein riesiges Tier über der ganzen Stadt, über den Horizonten und über seinem, Dasein: – unentrinnbar, Charybdis, die ihn schlürfte.

Ausgefetzt würde er sich hinstehlen sein Leben lang, vom Morgen bis zum Abend, der ihm einst den Wahnsinn bringen würde.

Er trat in einen Hausflur und zog den Revolver hervor. Er entsicherte ihn und überlegte den besten Schuß. Schließlich öffnete er den Mund und preßte die Mündung der Waffe an den Gaumen. So war es gut.

Er drückte ab. Dröhnend hallte der Schuß durchs Haus. Tobias stürzte zusammen wie in einem Kniefall.

Herbeigeeilte Hausbewohner fanden ihn tot. Teile seines Gehirns hingen überall, an den Wänden, am Geländer und auf den Stufen der Treppe.

Draußen pfiffen die Vöglein, und eine Straßenbahn lärmte durch den Morgen hin, die Allee hinab, nach Berlin zu.

ENDE